Les CRAYONS Rentrent à la MAISON

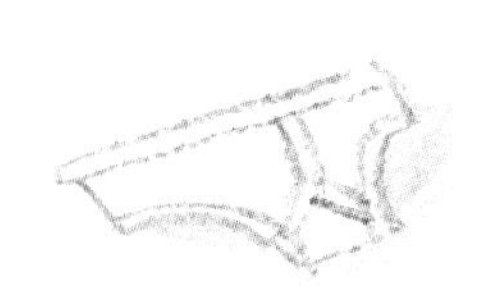

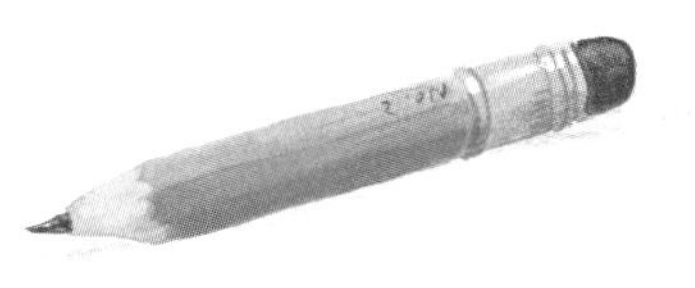

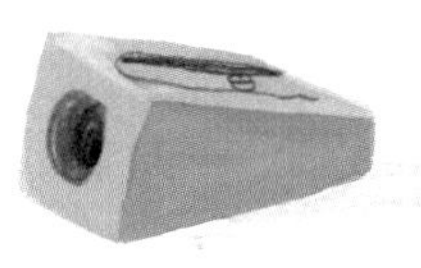

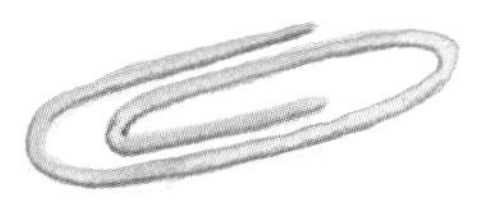

À mes parents, Charles et Charlene Daywalt,
qui m'ont appris à toujours faire une place pour autrui.
—D.D.

Pour Logan.
—O.J.

Les crayons rentrent à la maison

Drew Daywalt Oliver Jeffers

kaléidoscope
les lutins de l'école des loisirs
11, rue de Sèvres, Paris 6e

Ce jour-là, Duncan et ses crayons
étaient tranquillement en train de colorier
quand arriva au courrier un paquet
de cartes postales à son nom...

Bons baisers du tapis
484 5
Suites climatisées
L'Hôtel de Ville
2087

Cher Duncan,

Pas certain que tu te souviennes de moi.
Je suis CRAYON BORDEAUX. Tu ne m'as
utilisé qu'une fois pour colorier la croûte
d'un bobo, mais passons. En tout cas, il y a
DEUX ans, tu m'as OUBLIÉ sur le canapé
et ton papa s'est assis sur moi et
IL M'A CASSÉ EN DEUX ! Je n'aurais pas
survécu sans les BONS SOINS de TROMBONE,
grâce à lui, j'ai recouvré la santé. Je me
sens beaucoup mieux alors viens me chercher !
Est-ce que Trombone peut venir aussi ?
C'est réellement lui qui me fait tenir debout.

Ton crayon un peu patraque,

CRAYON BORDEAUX

DUNCAN
Chambre de Duncan
EN HAUT DE
L'ESCALIER
Dans
CETTE Maison

LA POSTE 20 15 LE CANAPÉ

BELFAST 4p

Édité par Coleman Ltd., imprimé en république d'Irlande

434

NOOONNN

UNE AUTOROUTE SUPER MÉGA
TRAVERSE LES ORS DE L'AUTOMNE.

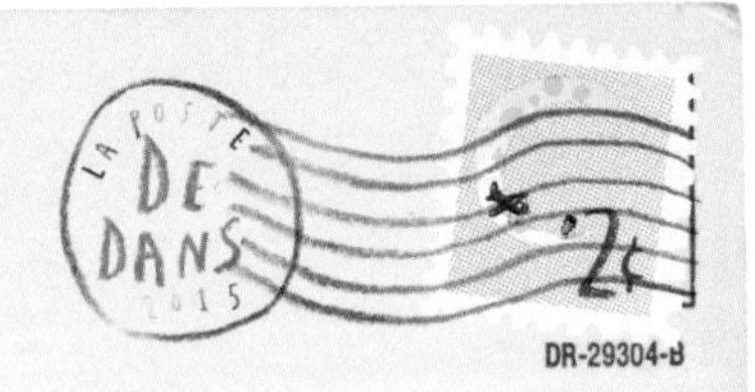

carte postale

Cher DUNCAN,

QUI aime les pommes vertes?
Même leur COULEUR porte malheur.
VERT POMME. Alors je change de nom et je m'en vais parcourir le vaste MONDE.

je te salue,
Estéban le MAGNIFIQUE!
(Anciennement connu sous le nom de CRAYON VERT POMME.)

DUNCAN,
Chambre
de Duncan
EN HAUT
DE L'ESCALIER
Dans CETTE Maison

Sp MADE BY SCAMPI PRESS, INC. NEW YORK

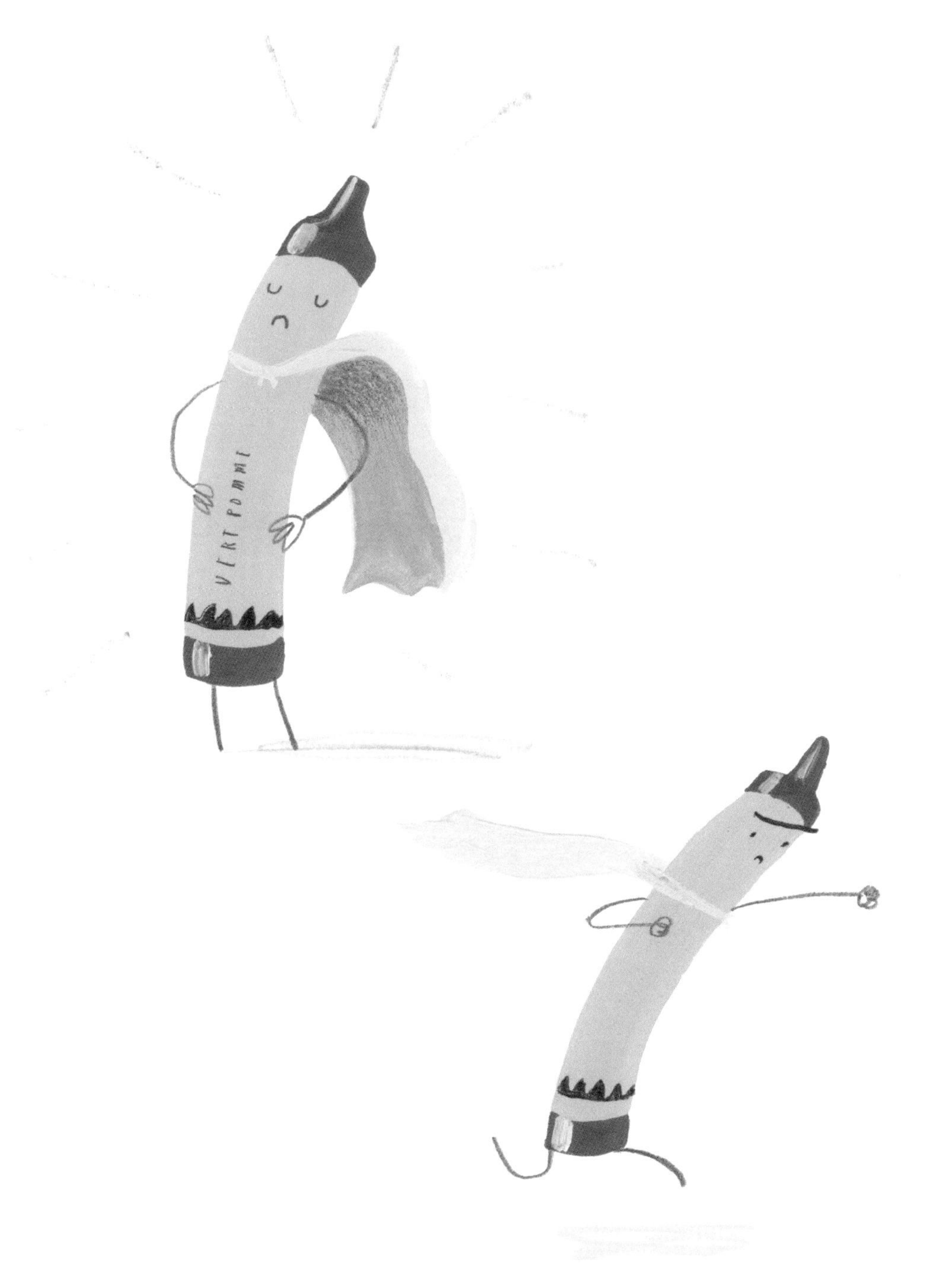
VERT POMME

Salut Duncan,

MOTEL RITZ
Un lieu idéal de détente estivale

C'est moi, crayon ROUGE FLUO.
TU TE SOUVIENS de nos super vacances avec ta famille ? Tu te souviens combien nous avons ri en dessinant les coups de SOLEIL de ton papa ? Tu te souviens que tu m'as posé sur le bord de la piscine de l'hôtel quand tu es parti ? Manifestement NON, PARCE QUE J'Y SUIS TOUJOURS ! Difficile de ne pas me remarquer, pourtant ! Enfin, peu importe.

Après 8 mois passés à t'attendre, j'ai décidé de RENTRER à pied…

Ton ami abandonné, CRAyon Rouge FLUO

N
Aire de jeux
Télévision
Pôle Nord
Air Conditionné
Piscine
MOTEL
Radios Libres
Saturne
Chambre de Duncan

CARTE POSTALE

Duncan
chambre de Duncan
maison de Duncan

ROUGE FLUO

CUEILLETTE DES NOIX DE COCO
LES TROPIQUES. C'EST FANTASTIQUE !

Duncan!
C'est nous... Jaune et orange. Je sais,
nous avions l'habitude de nous chamailler
parce que nous voulions tous les DEUX
être LA couleur du SOLEIL... Mais tu
sais quoi? Ça ne nous intéresse plus.
Plus du tout depuis qu'on nous a OUBLIÉS
au SOLEIL et que nous avons fondu tous
les deux... ENSEMBLE!! Tu sais quelle
est la vraie couleur du soleil?? CHAUD.
Un point, c'est tout. Désolés pour nos
disputes. Tu peux bien faire le
Soleil vert, nous, on s'en moque,
tout ce que nous voulons, c'est
rentrer à la MAISON!

Tes amis un peu rembrunis,
Jaune & Orange

PAR AVION

ESPACE USA 34c

DEHORS 2015 LA POSTE

Carte Postale

Duncan

Chambre de Duncan

DEDANS !

CETTE Maison-LÀ →

Fraternité et salut de
TROU-PERDU

Salut Duncan,
Je suis sûr que tu ne me reconnaîtras pas… Pas après les horreurs que j'ai traversées.
Je crois que j'étais… ton Crayon brun clair ? Ou terre de Sienne brûlée ?
Je ne sais plus… Impossible à dire aujourd'hui. As-tu déjà été mâchouillé par un chien avant d'être dégobillé sur le tapis du salon ? Moi, si… J'AI ÉTÉ MÂCHOUILLÉ PAR UN CHIEN ET DÉGOBILLÉ SUR LE TAPIS, Duncan… et ce n'est PAS joli à voir. Pas joli du tout…
Je ressemble plus à un détritus qu'à un crayon maintenant. Peux-tu, S'IL TE PLAÎT, me ramener à la maison ?!

Ton ami INDIGESTE, Crayon Brun Clair
(ou terre de Sienne brûlée ? va savoir)

P4135

POSTE
2015
RDC

POISSON
8¢

Carte Postale

ADRESSE

Duncan
sa chambre
en haut
de l'escalier

MUSÉE NATIONAL DES GRANDS ESPACES
Panthéon commémoratif des plus célèbres choses naturelles.
Une exposition passionnante avec des arbres, du sable, de l'herbe
et des plans d'eau. Histoire ancienne et contemporaine mémorable,
pour adultes et enfants.

Très cher Duncan,

Hum... peux-tu, je te prie,

OUVRIR LA PORTE D'ENTRÉE ?

J'ai besoin d'aller parcourir le monde..

Bien à toi,

Estéban le Magnifique

LA POSTE 20 15 LA PORTE

6p

BROCOLI

Carte Postale

Duncan

chambre de Duncan
en haut de
l'escalier

Dans cette Maison

Rev. 1-4

Ohé Duncan,

Tu te souviens du dernier Halloween, quand nous avons dit à ton petit frère qu'il y avait un FANTÔME sous l'escalier de la cave ? Et que nous avons dessiné un truc TERRIFIANT sur le mur ? C'était très drôle de le voir s'enfuir en HURLANT, non ? Mais c'est devenu moins drôle quand tu m'as OUBLIÉ dans la CAVE ! S'il te plaît, descends me chercher.

Je suis un peu... carrément... mort de peur...

Ton ami terrifié,
Celui qui luit la NUIT

DUNCAN
Chambre de Duncan
En haut des marches
DANS CETTE MAISON

LUIT LA NUIT

Cher Duncan,
Me voici presque de retour on dirait! J'ai traversé la Chine, le Canada, la France... enfin, je crois.
Je traverse maintenant la Belgique à dos de chameau!
Les grandes pyramides, c'est bien en Belgique, non?

À plus,
Crayon ROUGE Fluo

P.-S. Prochain arrêt, le pôle Nord (je crois)

جمهورية مصر العربية
CARTE POSTALE
EGYPTE

LA POSTE
DEHORS
2015

22£

الناشر : سارة فوتوكولور

الجيزة - الأهرامات
Gizeh - Egypte

DUNCAN
Chambre de Duncan
MAISON DE DUNCAN

La Terre au Trésor

Duncan,

Est-ce que la page 8 de 'L'Île du PIRATE'
te rappelle quelque chose? Genre super
jackpot pour le Capitaine BARBE VERTE,
si tu vois ce que je veux dire? Et ni BRONZE
ni argent dans la montagne de pièces, hein?
Je t'avais prévenu que j'y laisserais ma
mine si tu coloriais chaque pièce UNE PAR UNE.
Tu m'as écouté? NOOOON! Je t'avais
dit aussi que ces crétins de taille-crayons
ne MARCHENT JAMAIS. Et là, tu m'as
écouté? Non pluuus! Maintenant je ne
peux plus rien colorier DU TOUT!

Ton ami miné, CRAYON d'OR

LA POSTE 2015 À L'INTÉRIEUR

Duncan
LA Chambre de DUNCAN
EN HAUT

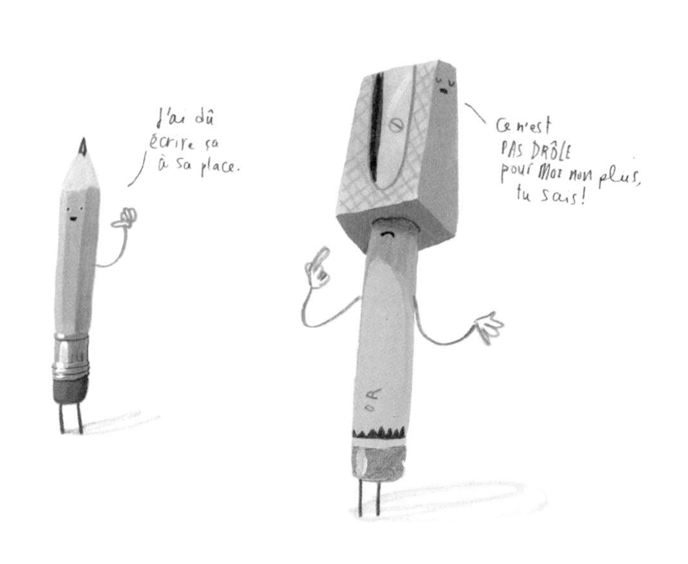

J'ai dû écrire ça à sa place.
Ce n'est PAS DRÔLE pour MOI non plus, tu sais!

Un fameux butin
Sale temps pour le
garçon de cabine

Cher DUNCAN,

J'ai parcouru le monde.
Il pleut.
Je rentre à la maison.

Estéban
le MAGNIFIQUE

MULHOLLAND PRESS, INC.

Duncan

Chambre de Duncan
En haut de l'escalier
Dans cette MAISON

#72-26 AU CŒUR DE LA TEMPÊTE...

M
P

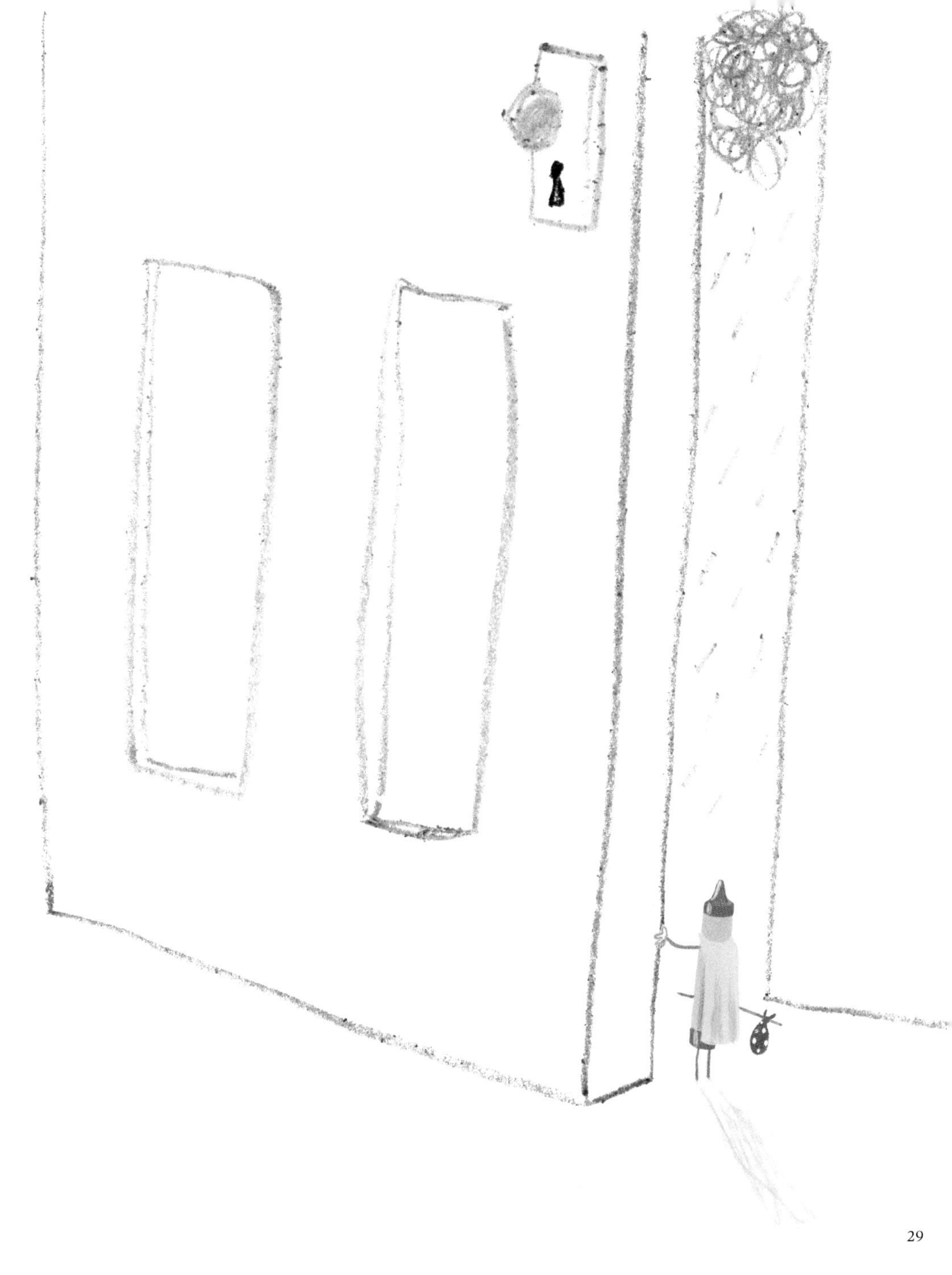

Salut Duncan,

Tu te demandes sans doute ce que fait ma tête sur ta CHAUSSETTE ? Je me pose chaque JOUR la question. Bon... La semaine dernière tu m'as oublié dans une de tes poches et je me suis retrouvé dans le SÈCHE-LINGE. J'ai atterri sur une de tes chaussettes et maintenant, elle est collée à ma tête. Peux-tu, s'il te plaît, venir me délivrer ? Peux-tu aussi me dire pourquoi, même lavés, tous tes vêtements sentent encore ?

Ton pote pot de colle qui pue comme un putois,
Crayon TURQUOISE

PHOTO BY: S. DACEY ® COLOR REPRODUCTION (REG. U. S. A. PAT. OFF.)

La tonitruante magnificence des chutes d'eau.

P.-S. T'as le bonjour de ta chaussette.

CARTE POSTALE

DUNCAN
Chambre de Duncan
EN HAUT DE
L'ESCALIER

TURQUOISE
Dis-lui bonjour de ma part.

CARTE POSTALE

Cher Monsieur,

Je sais que je ne suis pas votre Crayon.
Je sais que j'appartiens à votre petit frère,
mais j'en ai RAS LE BOL de lui. Durant
la seule semaine dernière, il m'a MORdu le
crâne, il m'a enfoncé dans le MUSEAU du
chat, il a dessiné sur le MUR et tenté
de me faire colorier des GRIBOUILLIS!
le PIRE est que c'est un artiste épouvantable!
Je suis incapable de deviner ce qu'il dessine.
Un lapin? Un sapin? un lapin-sapin?
Picasso dit que dans chaque enfant,
il y a un artiste, eh bien, pas sûr!
Il ne connaît pas votre frère.
S'il vous plaît, venez me délivrer.

Votre ami désespéré,

MAXI CRAYON pour Tout-petits

l'art

LA POSTE
2015
DEDANS

ADRESSE

M Duncan
chambre de Duncan
EN HAUT DE L'ESCALIER
Dans cette maison

MON PREMIER
CRAYON

SKI, SAUTS À SKI ET TECHNIQUES DE VOL

Duncan,

Salut à toi depuis la forêt AMAZONIENNE.
Je m'éclate bien!
Je crois que je suis presque rentré à la maison.

Crayon ROUGE FLUO

DEHORS
2015
LA POSTE

4¢
HIVER

DR-28060-B

Pub. by Maeve S. White Ridge Enterprise, 04102

carte postale

Duncan
Chambre de Duncan
Maison de
DUNCAN

Sp MADE BY SCAMPI PRESS

Hello Duncan,

RÉSERVÉ À LA CORRESPONDANCE

C'est moi, Crayon MARRON. Tu sais PARFAITEMENT pourquoi je me suis enfui, l'ami! On s'imagine que naturellement, TOUS les super coloriages me reviennent - chocolat, petits chiens, poneys. Quelle chance, n'est-ce pas? Mais sait-on ce que tu me faisais AUSSI colorier? Ah, ça m'étonnerait! Ce dessin était génial mais avais-tu vraiment besoin d'ajouter ce dernier griffonnage marron?

Je reviendrai, mais s'il te plaît, restons-en au CHOCOLAT, d'accord?

Ton Ami Très embarrassé, CRAYON Marron

LES FORÊTS DU MAINE

CARTE POSTALE

Duncan
Chambre de DUNCAN
Maison de Duncan
Porte à Côté

?
MARRON
"OURS FAIT caca
dans les bois" par Duncan

Fraternité et salut de TROU-PERDU

Salut Duncan,
Je suis sûr que tu ne me reconnaîtras pas... pas après les horreurs que j'ai traversées.
Je crois que j'étais... ton crayon brun clair ? Ou terre de Sienne brûlée?
Je ne sais plus... Impossible à dire aujourd'hui. As-tu déjà été mâchouillé par un chien avant d'être dégobillé sur le tapis du salon? Moi, si... J'AI ÉTÉ MÂCHOUILLÉ PAR UN CHIEN ET DÉGOBILLÉ SUR LE TAPIS, DUNCAN... et ce n'est PAS joli à voir. Pas joli du tout... Je ressemble plus à un détritus qu'à un crayon maintenant. Peux-tu, S'IL TE PLAÎT, me ramener à la maison ?!
Ton ami INDIGESTE, Crayon Brun Clair
(ou terre de Sienne brûlée? va savoir)

P4135

POSTE 2015 RDC

POISSON 8c

Carte Postale

ADRESSE

Duncan
sa cham...
en h...
de l'es...

cher Duncan,
...rtain que tu te
...RAYON BO...
d'une fois
...bo, mais pa...
...ans, tu m'as
...n papa s'est
...M'A CASSÉ EN
vécu sans les

Western

Giza - Egypt الجيزة - الأهرامات

...an,
...ru le monde.
...à la maison.
...AGNIfique

...R DE LA TEMPÊTE...

MULHOLLAND PRESS, INC.

CARTE POSTA...

LA POSTE 20 15 LA PORTE

Duncan
Chambre de...
En haut de...
Dans cette Ma...

M P

CARTE POSTALE

LA POSTE 2015 DEDANS

l'art

ADRESSE

M Duncan
chambre de Duncan
EN HAUT
Dans cette maison

Cher Monsieur,
Je sais que je ne suis pas votre crayon.
...actions à votre petit frère,
...Durant
...ordu le
...EAU du
...l tenté
...UILLIS
...uvantable
...qu'il dessine.
...sapin?
...ant,

...ides, c...
...non ?
...rayon ROUGE Fluo
P.-S. Prochain arrêt, le pôle Nord (je crois)

P...
Manifes...
SUIS TOUJO...
me remarquer, pour...
Après 8 mois...
à l'attendre, j...
RENTRER à pied...
Ton ami aban...

Aire de jeux · Télévision · Piscine · MOTEL · Pôle Nord · Air Conditionné · Radios Libres · Saturne · Chambre de Duncan

Duncan fut triste
d'apprendre qu'il
avait perdu, oublié,
cassé, abandonné
tant de crayons
au fil des années.
Mais les crayons
de Duncan étaient
si abîmés, leur forme
avait tant changé
qu'ils ne rentraient
plus dans sa boîte
à crayons.
Alors Duncan eut
une idée...

Il fabriqua pour ses crayons un endroit
dans lequel chacun d'entre eux
se sentirait toujours chez soi.

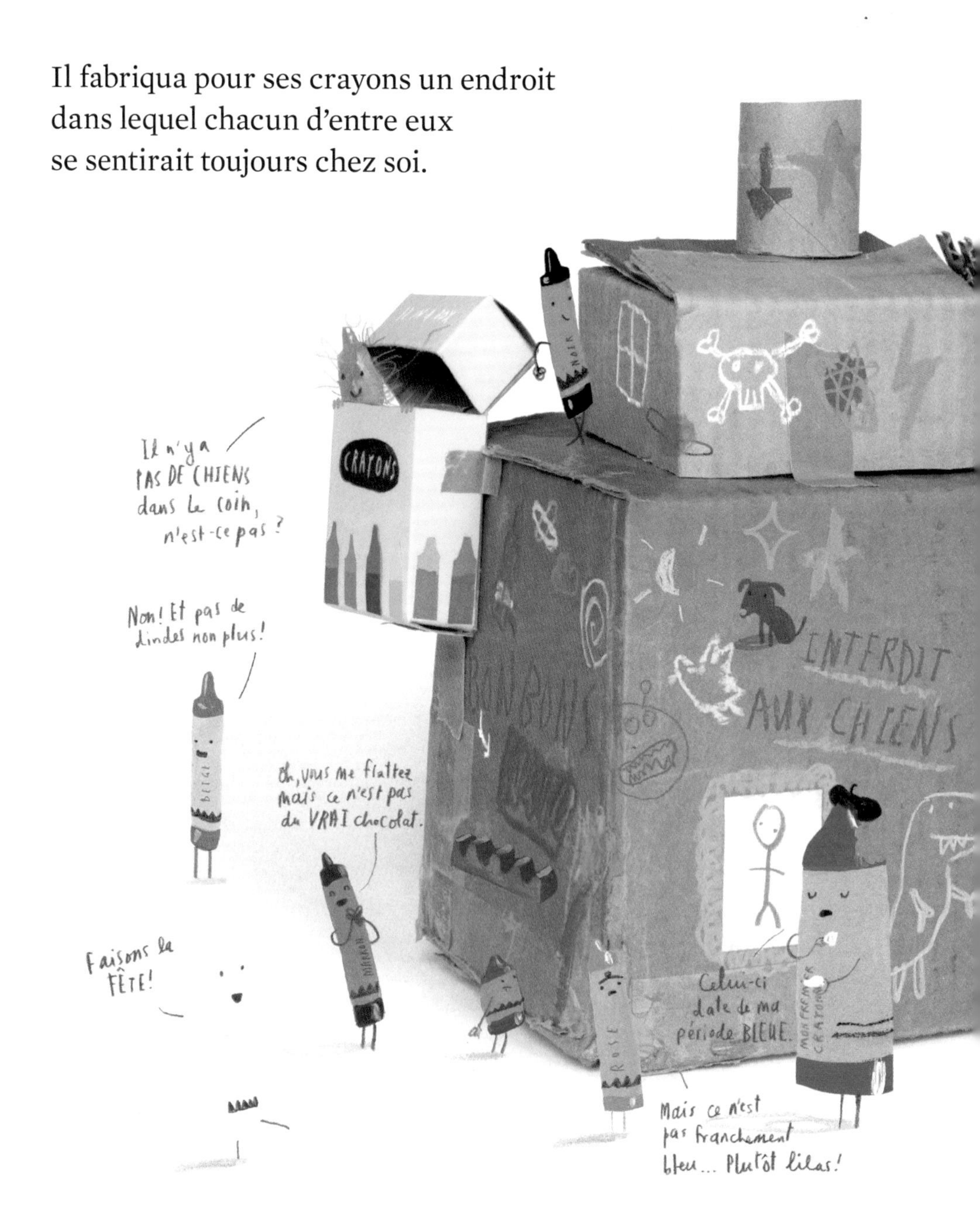

CRAYONS
NOIR
Il n'y a PAS DE CHIENS dans le coin, n'est-ce pas ?
Non ! Et pas de dindes non plus !
INTERDIT AUX CHIENS
BEIGE
Oh, vous me flattez mais ce n'est pas du VRAI chocolat.
MARRON
Faisons la FÊTE !
ROSE
Celui-ci date de ma période BLEUE.
MON PREMIER CRAYON
Mais ce n'est pas franchement bleu... Plutôt lilas !

Vérifie que
C'est d'aplomb!
BEL
VÉDÈRE
ROUGE
VIOLET
Qui est sur
ton dos?
Oooh,
je crois qu'il
s'appelle Ted.
Je suis
TED!
FORT des
PORTE
PRINCIPALE
CRAYONS
PETITE PORTE
BIENVENUE
TOUS
CRAYONS
SUPER,
LES GARS!
GRIS
J'espère qu'il n'y a
pas de détecteur
de métaux!
Crois que cette
rte est pour
NOUS!
Ah...
Te voilà enfin!
J'aurais besoin
d'une petite
coupe.
Non,
je pense que
c'est ouvert
à tous!

Et arrivé à CLEVELAND...
J'ai pu gravir la
GRANDE MURAILLE DE CHINE !

Des mêmes auteurs :

Rébellion chez les crayons

Les illustrations de ce livre ont été réalisées avec des crayons,
des cartes postales et une boîte en carton.

Le graphisme des lettres de l'édition française est l'œuvre de Kris Di Giacomo.

Texte traduit de l'anglais par Élisabeth Duval

ISBN 978-2-211-23546-4
Première édition dans la collection *les lutins* : août 2018

Titre de l'ouvrage original : THE DAY THE CRAYONS CAME HOME
Édition originale publiée au Royaume-Uni par HarperCollins Children's Books,
a division of HarperCollins Publishers Ltd., 1 London Bridge Street, London SE1 9GF en 2015
Published by arrangement with Philomel, a division of Penguin Young Readers Group, Penguin Group (USA) LLC

Loi numéro 49 956 du 16 juillet 1949 sur les publications
destinées à la jeunesse : septembre 2016
Dépôt légal : août 2018
Imprimé en France par GCI à Chambray-les-Tours

BONS BAISERS DE NULLE PART

CHÂTEAU
LE CRAYON

Situé à un kilomètre à l'ouest de la chambre de Duncan, à gauche du garage.

MOTEL HÔTEL
LE CRAYON

Besoin de changer d'air ?
Nos suites climatisées vous attendent !

AFFRANCHIR

CARTE POSTALE

AP 10 Carte Postale au Crayon à Papier. Fabriquée par Moi.

Tu me
manques

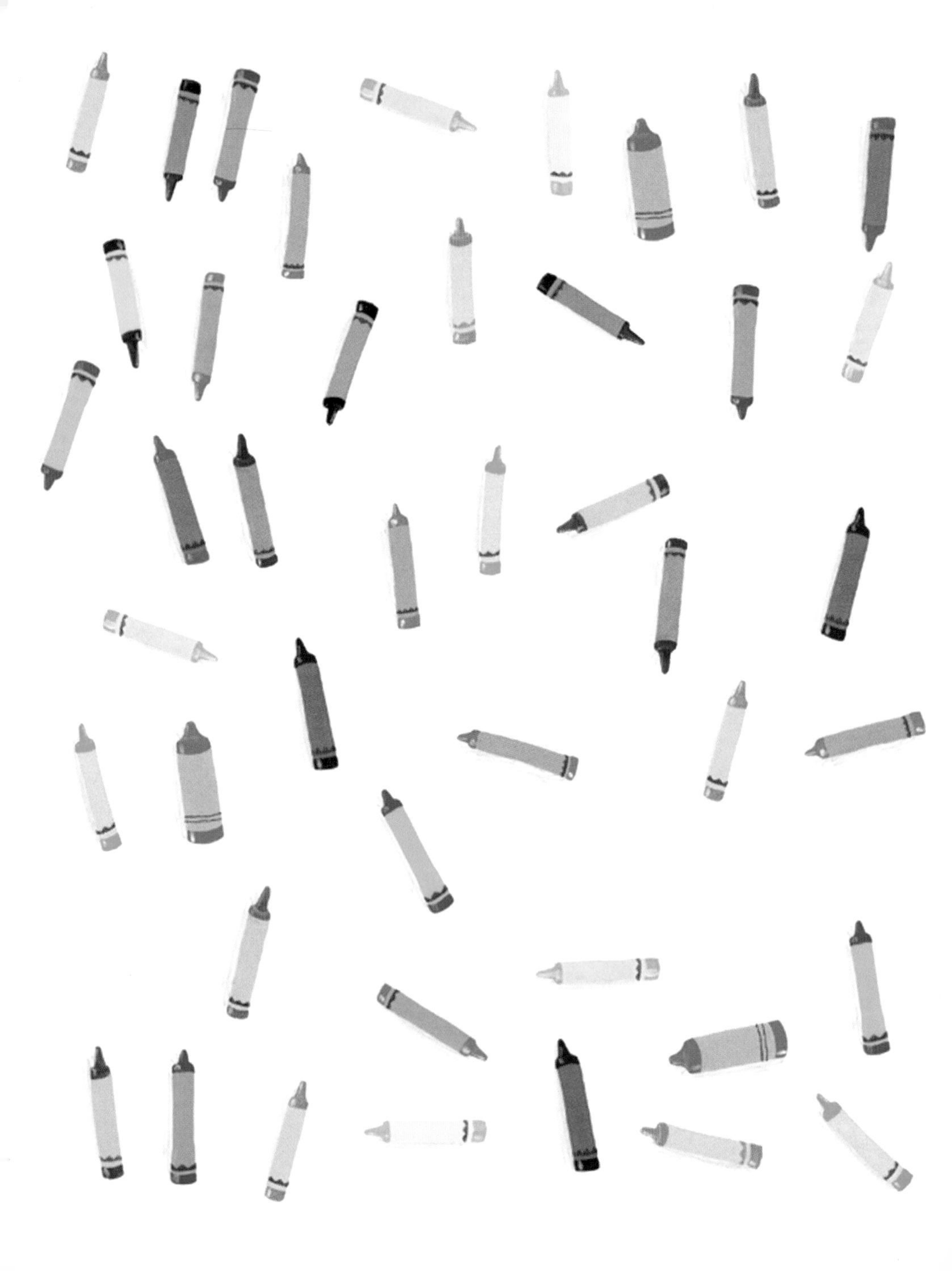